푸른사상
시선

88

건너가는 시간

김 황 흠 시집

푸른사상
PRUNSASANG

푸른사상 시선 88

건너가는 시간

인쇄 · 2018년 6월 15일 | 발행 · 2018년 6월 20일

지은이 · 김황흠
펴낸이 · 한봉숙
펴낸곳 · 푸른사상사

주간 · 맹문재 | 편집 · 지순이, 김수란 | 마케팅 · 김두천
등록 · 1999년 7월 8일 제2-2876호
주소 · 경기도 파주시 회동길 337-16(서패동 470-6) 푸른사상사
대표전화 · 031) 955-9111(2) | 팩시밀리 · 031) 955-9114
이메일 · prun21c@hanmail.net / prunsasang@naver.com
홈페이지 · http://www.prun21c.com

ISBN 979-11-308-1347-9   03810

값 9,000원

🏛 광주광역시   ᴴ 광주문화재단
 Gwangju Cultural Foundation

이 책은 광주광역시 · 광주문화재단의 지역문화예술특성화지원사업으로 지원
받아 발간되었습니다.

푸른사상 시선 88

건너가는 시간

겨울 내내 강어귀에서 물오리들 푸드득거리는 날갯짓을 보며 지냈다.

한겨울 물오리 떼 소리만 그득하던 찬바람 뒤로하고 다시 돌아온 봄.

마른 억새 무더기를 휘젓던 뱁새들의 겨우살이와

왜가리 떼, 외발로 서서 버티던 살얼음이 녹고,

드디어 새로운 물결로 세상이 푸르다.

2018년 6월
김 황 흠

| 차례 |

■ 시인의 말

제1부

제2부

제3부

제4부

제1부

건너가는 시간

잠시 비닐하우스 문 그늘에 앉아

뜨거운 햇살도 아랑곳 않고 너풀거리는 푸른 모를 바라

본다

바람은 서늘한 기운을 드리우고

소금쟁이 사뿐히 밟고 간 조용한 파문

왜가리 한 마리 모르쇠 내려앉는 서슬에

뒤스럭거리는 물살 소리를 읽는

시간이 노랗게 익어가는 그 자리

네 옆에 다른 내가 앉아 벙긋 웃는 너를 보네

사기 접시

강 언덕배기에 사기 접시 몇 개
첩첩 포개어져 뒹군다
민들레 환한 꽃밭에 누가
연분홍 테두리 선명한 여백을 버린 것일까
그 아래 드들강은
조잘거리는 물살을 배경으로
뱁새, 논병아리, 청둥오리, 기러기
소리란 소리 한데 모아 담았다 덜어내기 바쁘다
이제 꽃이란 꽃은
잠시면 무너질 꽃 사태를 이루며
지나가는 벌 나비 호객하는 중인데
꽃밭에 누워
텅 빈 하늘을 떠받치고 있는 봄볕은
날 선 시간을 다독이고 있다

가을 단장

일 끝나고 하우스 밖으로 나오면 탁 트인 하늘
어떤 물감으로도 흉내 낼 수 없는
한 해를 달려온 깊은 속내
노랗게 영그는 나락 이삭도 그렇고
모가지를 곧추 치렁치렁 매단 피들도 그렇다
반듯하게 놓인 노란 맷돌 호박이 그렇고
빨갛게 농염을 불태우는 고추가 그렇듯
등 굽은 동네 할머니가 그렇다
백일홍 붉은 꽃들의 분분한 낙화
먼저 갈 길 가듯 낙엽 져 떨어지는 벚나무
통통 불은 몸통을 꽃으로 피워 내는 억새
철 따라 왔다가 가는 새 떼가 있는가 하면
떠나간 그 자리를 찾는 새 떼가 있다
적적함이 물들기 시작할 무렵
떠도는 바람이 제자리를 향해 눕는 산그늘에서
멀리서 찾아온 벗의 소식을 듣는다

어느 하루

비 짝짝 퍼붓는 하루, 밀쳐둔 책 읽는데

―아야, 어디서 타는 냄새 난다

읽던 책 접어놓고 부엌을 이리저리 둘러보지만

눅눅한 습기 밴 어둠만 물컹물컹하다

―에이, 어머니 속에서 타는 것 같은디?

썩을 놈, 어머니 얼굴에 웃음이 돈다

반진고리

하우스에 와 어린 고추나무 아래를 다듬는다

모종판에서 옮겨져 흙에 적응하느라

기운을 다 써버린

노르스름한 이파리

질기게 뻗쳐가는 민들레와 한통속인 풀 뽑고

어린 고추나무를 줄에 묶는 동안

손가락 풀물 흥건하다

봄날의 화인을 낀 골무 몇 공짜다

포리똥*, 파리똥

무성한 이파리 틈새로
푸른 열매 노랗더니 어느새 빨갛게 익어
가지에 다닥다닥 달렸다

지나가는 사람들이 따 먹곤 하는데
이젠 텅 빈 길바닥에 우수수 떨어지고
따 먹고 뱉는 물렁물렁한 씨앗까지도
새들에게 다 내놓는
파리똥, 포리똥

나무는 손바닥으로 땡볕을 가리며
새 떼를 부르다가 문득,
오래전에 잊어버린 나그네*
떠나간 신발을 어루만진다

* 포리똥 : 보리수의 전라도 사투리.
* 나그네 : 부처, 보리수나무 아래서 수행 중 깨달았다고 전함.

사이라는 말

광주 변두리 신장동과 남평 평산리를 가르는 대촌천
다리 하나 건너 지명을 달리한다
날마다 사이를 오고 가며 수변을 바꾸는 거주지
그래도 그 짝이나 이 짝이나
사람살이는 마찬가지
그 사이로 흐르는 개천은
우두머리에 이르러 드들강과 합수,
나주 산포를 지나 금천에 이르러
작은 이름을 지우고
비로소 영산강 줄기로
서남해에 이른다
다시 보자
얼마나 많은 샛강이 모여 바다에 이르고
또 얼마나 많은 사이가 모여 더 큰 힘이 되는가

그 자리를 바라보네

겨울이 오랜만에 눈빛으로 환하다

가지에 쌓인 눈으로

앙상한 가지는

겨울은 겨울다워야 한다고

바람이 마른 억새에게 이르고

억새는 숱 다 빠진 머리를

눈 속에 묻는다

물닭 몇 마리

얼지 않은 물길을 쪼르륵 헤엄쳐 가는 동안

대촌천 활짝 웃는 물살이

드들강에 이르러 만세를 부른다

하지

쏟아지는 소낙비를 피할 생각은 않고
논둑에 서서 비를 맞는다
갑자기 들이닥쳤다가 물러가는 비구름 사이로
논물은 논배미를 따라 울렁거리면
늦모는 바람에 무리 지어 흔들흔들
물방개, 소금쟁이, 드렁허리, 미꾸라지
무논 바닥을 흔들어 물 나이테를 그린다
개망초 꽃들도 벙긋벙긋
강아지풀 우거진 농로 지나 숨죽인 마을로 가는 동안
어둠은 빈 호주머니에 자꾸 손을 찔러 넣는다

길에 대한 단상

어둠에 길을 잃은 게 아니라
찾아갈 수 있는 길을
가려 하지 않기 때문, 그리하여
잃어버렸거나 잊히는 것
바스락거리는 낙엽 부스러기가
바람에 흩어지며 드러나는 길은
아득한 먼 길에 닿아 있고,
지금까지 걸어온
무수한 걸음은 흔적도 없이
다만 길만이 홀로 남아
새 발자국을 기다리는 것인가

소나기

참나무 가지에 걸친

매미의 현주소

폭염을 울음으로 씻어내는가

가만, 쟁쟁한 말씀이다

편지함

흐린 하늘 아래 마당을 쓰다듬다가
한 바퀴 휘젓고 가는 한줄기 살바람
오는 곳을 모르고 가는 곳을 모른다
소식은 늘 먼 데 있고
이젠 목울대가 컬컬해지는
앙상한 나뭇가지는 예전의 우람한 시절을 내려놓고
땅속 세상을 수소문한다
한 나무에서 곁가지로 뻗어가더니
삭정이로 떨어져 나가고
너와 나는 하나 둘, 몸 아닌 곳을 향해 떨어져 나간다
우중충한 하루 내내 찾아오는 사람 없고
건넛집 허름한 대문 기둥에 달린 벌겋게 녹슨 편지함
한 번도 들춰본 적 없이 바래지며 쌓여가는 편지 뭉치를
비가 와서 울먹이고
바람이 붉은 눈시울로 소리 내어 읽는다

남평장

눈발 간간이 흩날리는 시장
상인들과 흥정하는 질편한 말씨가
투둑투둑 쌀눈으로 떨어진다
뭔가 좀 아쉽다 싶을 때 농을 치기도 하고
아는 사람이라도 만나면 질탕한 인사를 나눈다
연탄재 뿌려놓은 빙판길
어물전, 잡화전, 채소전은 눈요기만 하다가
먹자전 국밥집에 들렀다
아침부터 술 마시냐고 지청구하는 마누라에게
아침부터 재수 없는 말만 하냐고
취기 물큰한 술잔을 드는 남편
오랜만에 장에 왔는디 한잔하셔야제
추임새를 든 옆 사람 말도 들린다
그때나 지금이나 팍팍한 살림 나아진 것 없어도

봄 무 작업

뽑아 버려져 무시를 당해버린
상품 가치를 잃은 가랑이진 무
뜨거운 햇볕에도 탱탱하던 흰 몸이
주름진 살가죽으로 변해 물렁물렁하다
한 뿌리로 곧지 못하고 여러 발품으로
내딛어버린 뿌리를 가진 무는
헐값으로 매겨진다
사람들은 하얗게 곧은 것만 좋아해서
변두리로 밀려나는 신세 박한 삶
무르다 못해 터져버린 설움이
시커멓게 썩은 물로 쏟아지고
말라버린 섬유질에는
정오의 피부가 꼬질꼬질하게 눌어붙은
오월 햇살이 난장이다

도깨비풀 이야기

너른 강변 마른풀 위로 오랜만에 햇살이 뛰논다

툭툭 튀는 햇살에 쌓인 눈이 슬금슬금 녹는

마른 풀섶을 지나는데

풀 대궁이 가득 품고 있는

도깨비풀 씨가

바지춤에 와락 달려든다

날카로운 발톱을 추켜세워

호시탐탐 지나가는 발걸음을 눈여겨 보다가

잽싸게 엉겨 붙는다

일일이 떼어내지 않으면

떨어지지 않는 풀씨들

저리 간절히 가고 싶은 곳은 어디일까

도깨비들이 산다는 그 나라

방망이를 휘두르면 뭣이든 이루어지는

그 나라로 툭툭 뜀박질로 가고 싶은 것이다

제2부

와온 갯벌

느그 할애비는 허구헌날 바람잽이마냥 싸댕기기만 하고
이 할미는 그 추운 바람 맞으며
뻘밭에서 손가락이 곱아지도록
꼬막을 다라이 가득 이고 온께
부리나케 뛰어나와선
그 아까운 것을 뒷간에다 버렸어야
그라고 한 말이
더럽게 요거나 캐 오냐고
고래고래 소리 지르고 했어야
그 생각하믄 전생의 원수가 따로 없제
니 할애비 제사 때마다 내가 눈길도 안 준게 그래서 그랴

와온에 와서 꼬막을 보니
요즘 찬물 꼬막은 알이 가장 차질 때지
차디찬 바람이 잦는 갯벌에서 흥건하게 젖은
꼬막 속살 찌는 소리 듣는다

한 발로 섰다

눈이 많이 내린 강을 본다

얼음 위로 바람이 씽씽

눈 덮인 마른풀을 밟고 가는데

발길에 엉기는 속삭임

뿌리가 잘 지낸다고

발부리에 인사를 건넨다

카메라로 얼음을 확대해 보는데

잔뜩 움츠린 목을 날개로 덮고

한 발만 들고 선 왜가리 떼

일렬로 서서 얼음장에 서 있네

추운데 저거 어쩌나

그래도 박스 개어놓고 누운

차디찬 콘크리트 바닥보단

얼음장 아래 흐르는 물이 따뜻한지

천연의 구들장에 한 발씩 지진다

한파

찬바람 쌩쌩 불더니
고무 대야에 든 물이
하얗게 얼었다
밤새 몇 번이고 굳어가며 내는 소리는
현관문에 막혀 성에로 서렸다
곤궁함이 파랗게 질려도
두꺼운 벽 하나 대고 사는 세상인데
하소연을 해도 길거리에서 누구 하나
애처롭게 손잡아주는 일 없는데
얼음덩어리
마지막 눈물이 굳어 있다

폭포 앞에서

짬 없이 쿵쾅쿵쾅 지나와서
쿵쿵 울리는 폭포 낙숫물이
폭염을 후려친다

움푹 파인 웅덩이는
하루도 편안할 날 없고
자잘한 말조차 삼켜버리는 물세례

한바탕 난리법석 피우다
도란도란 휘돌아 가며
새살거리는 물살에
뭉글뭉글하게 닳아진

선득선득 물컹하게 젖은
조약돌 하나

여치

하우스 쉼터 냉장고 위에 얹어둔 가위를 꺼내는데

폴짝 뛴다는 게 하필 안경 렌즈에 부닥쳐

나가떨어졌다가

엉겁결 일어나 놀란 눈으로

나를 본다

푸른색 선명한 몸 하나가

어지럽지도 않는지 금방

냉장고 밑 플라스틱 상판 틈으로 튀어간다

새벽녘 들어서면 서늘한 소리로 환한 게 너였구나

땡볕이 극성 부리는 아침부터 그늘이 길어지는 오후까지

길게 한숨 자다 구애를 나서는 밤

이슥토록 달빛 아래 슬렁슬렁 노니는 동안

고추 이파리에 투명하게 이슬이 어른거린다

플라타너스 나무

백운광장 모퉁이
건널목을 바라보며 우두커니 서 있다
아직도 푸른 이파리가
추운 바람에 얼었다 녹았다
그러기를 얼마였을까
이파리가 음지와 양지를 건너오느라
벌써 반은 다 떠나보내고
비워지는 가지 사이로 노루 꼬리 햇살
잠시 머무른다
따뜻한 쪽으로 기대는 이파리
하루하루 찬바람에 떠밀려선지
두툼한 옷을 걸쳐 입어도
텅 빈 인도 쪽으로 조금씩 기우는 그늘에
나무 둥치는 버짐을 키우며
날마다 한산한 점포 쪽으로 움츠린다

파장

자전거 바구니에 든 비닐 봉투
찬바람에 된통 펄럭펄럭대다
빠져나와 우북한 마른 억새에
꼼짝없이 멱살 잡힌 모양새로
이리저리 바둥거린다

어느 시장 먹자판 대폿집에서
빈 주머니로 술 마시고 슬그머니 나가려다
뒤룩뒤룩 살 오른 무지막지한 손아귀에 멱살 잡혀
혼나는 가난한 홀아비 통사정같이
비닐 봉투를 끄집어내는 동안
배배배거리는 뱁새 한 쌍 사랑싸움을 엿듣다
무안한 나는 벤치에 넉살 좋게 앉아
조곤조곤 물살에 그간의 일을 읽어준다

밤중에 소리를 읽는다

매화 진 지 오래되었는데 뒤란은

아직도 겨울이 흘린 심술로 적색경보다

뭔가 펄럭이고 냅다 후려치다가

캄캄한 공간을 흥건하게 적시는 소리가

살아서 꿈틀거린다

어깃장이 맞지 않아 덜렁대는

너와 나 사이도

심상치 않은 말투로 콕콕 찌르는 동안

정제되지 않은 감정이

벽 틈으로 새어든다

땜질은 잠깐의 침묵

그때그때 눈 감고 만 것이

어둠 속에서 격렬한 소리로 살아 몸부림치지만

그래도, 담장 밑 민들레가 홀씨를 날리고

매화나무 꽃 진 자리도

깊은 잠 뒤척이는 소쩍새 소리로

매실이 탱탱하게 익어간다

콩 타작

작대기로 콩대를 패댄다
인정사정없이 두들긴다
없는 놈이라고 힘조차 없겠냐
노란 막걸리 한 잔 마시고
얼씨구 좋네, 지화자 좋아!
탁!
탁!
타~악!
마른 콩깍지가 놀라 터진다
노란 콩이 튕겨 오른다
덩실덩실 춤을 추는 노란 콩들 한판
아야, 살살 달래가며 해라
어머니 훈수도
덩실덩실 춤을 춘다

논둑을 다듬으며

두더지가 구멍 낸 논둑이 허물어져

물이 도랑으로 쏟아진다

터진 둑을 막고 단단히 다지고

삽날로 옹이가 박히도록 탁탁 두들긴다

물이 쏙 빠져나간 무논은

모들이 볼품없이 서 있다

허실한 틈 다독이며

단단한 울타리를 만들지 못한 내 탓이려니

툭툭 쳐대는데 엉뚱하게 개구리 한 마리

서슬에 놀라 까꿍!

무논으로 뛰어들자

뿌연 흙물이 퍼지며 만든 나이테에

흙물로 얼크러진 얼굴이 빙그레 웃는다

억새는 억세다

드들강 생태하천은 몇 번의 물난리로

갖가지 관상수목이 죽었다

수목이 죽어간 자리마다

굳게 뻗어 나와 굳세게 흐드러진 억새들

흰 꽃들이 치렁치렁하다

산들거리는 바람은 따습고

윤슬 진 강 물살은 물고기 싱싱한 비린내를 풍긴다

낚싯줄 드리워놓고

바람소린지 휘파람 소린지 모를 새 한 마리

저음으로 지저귀다가

유유히 억새 군락을 날아다니는 동안

노을 은근히 젖어들고

산그늘 짙어지자 행장을 챙기는 낚시꾼

후줄근한 배낭을 집어 들고

축축한 자리를 빠져나오는 길은

흙 속으로 단단히 겯고 내리는 뿌리로 억세다

무

하우스 일을 끝내고 막간에 김장 무를 뽑으러

텃밭으로 가서 무를 뽑아 밭둑에 쌓아두자 어머니는

'무시'*를 실어 가라 하신다

난 '무'를 리어카에 싣는 동안 어머닌 '무시'를

무시로 쑤욱 뽑으신다

나는 한 음절로 차곡차곡 쌓는데

불편한 걸음으로 천천히 뽑아

차곡차곡 쌓으신다

한 음절을 찬찬히 가르쳐주시는

긴 호흡 한 가락

엄니, 무시 가져가요

* 무시 : 무의 전라도 사투리

달맞이꽃

폭염 속 방죽 길 앙다문 꽃 한 송이

목구멍 탁탁 막히는 콘크리트 길바닥 열기에
화끈거리기도 할 텐데
묵언수행 중

밀짚모자를 쓴 이마는 연신 땀을 흘리지만
이제 막 피어
꿈쩍도 않고 옹송그린 꽃송이

땡볕이 조금씩 물러서는 어스름 무렵
꽉 닫아 걸어놓은 꽃잎 열어놓고
엷은 웃음을 피우는 밤에도

하늘에서 가만히 내려다보는 달님 기다리느라
아득하게 지나온 이야기 찰랑거린다

폐사지에서

무등산 중봉을 올랐다가
길을 잘못 읽은 발걸음이 닿은 성터
조그만 표지판 하나가 간신히
옛 동화사 절터라고 써놨다
계속되는 돌계단에
얼마나 많은 걸음이 가쁜 숨을 쉬었을까
섣부른 걸음이 인도한 절터 계단에 앉아
아래로 이어지는 까마득한 돌계단 바라본다
내려가는 길 험하리라는 것을 몰랐을까
계단 옆 남은 돌담의 입속말을 생각하며
중턱에 앉아 있자니
계곡 흐르는 물소리 점점 가깝다
생수병조차 챙기지 못한 아둔한 머릿속에
찰랑거리는 소리
계곡물에 신발, 양말 벗고 족욕하는 동안
계단을 따라 내려가는 사람들
옛사람이 남기고 간 숨소리, 고요하다

봄날

날이 제법 더워지며 사방팔방 꽃들이

소스라치듯 피었다

언제 추웠나 싶을 만큼

지난해 가꾸고 철거해버린 노지 고추밭

이마에 반질거리는 땀을 훔치며

지줏대, 멀칭 철사를 뽑아 가지런히 놓아두고

밭두렁에 앉는데

봄 고추를 심은 비닐하우스 안에선

열어놓은 측창으로 바람에 이파리가 살랑거린다

고추꽃 내를 맡고 달려온 벌도 바쁘게 붕붕거리는

걸음만 바쁜 날

봄까치꽃 간지럽다고 웃는다

몸에 꽃 웃음이 묻어도

은근슬쩍 훔쳐보지도 못하고

일어나는 자리

숨 놓을 때

흰가루병에 걸려 낙엽 진 고추나무
앙상한 가지마다 다시
새 이파리를 펴내어
달린 고추에 마지막 숨을 몰아준다

삶을 거두려는 당신에게
새끼손가락을 따
생혈을 입에 넣으면
젖 빠는 아기같이 넘기다
한 숨 편안히 놓듯이
가지마다 자잘하게 돋은 푸른 이파리가
놓은 마지막 길

이유가 있는 소리

아침부터 뒤란 나뭇가지에 앉아 참새가 지저귀고
이파리는 가만가만 소리를 되작인다
바람은 이파리 소리를 끌어안을 줄 모르지
다만 흐른다는 것일 뿐
축축하게 젖은 물기에 소스라치듯 일어난 풀벌레들
어제 하루 종일 벌어진 낭자한 폭염을 기억할까
뒤란의 고양이 울음이 몽글몽글하다
아직도 가을은 멀고
저마다 이유를 다는 하루 그러나
바람은 소유할 수 없는 것에 애착을 갖지 않는다

제3부

감자 돌멩이

하우스 감자 밭에서 풀을 매다가

이파리 옆에 박힌 돌멩이 하나

둥글둥글한 것도 아니고

손바닥만 한 것도 아닌

요만큼이라 할 만큼 작은 것을

추렴하여 자전거 바구니에 둔 것인데.

며칠 깜박하고 담고 다닌 걸 어머니께서 보셨다

웬, 감자다냐

무슨 감자요?

바구니를 보고서야

감자 아닌데, 돌멩이랑께

아따, 고거 참 영락없이 감자맹키로 생겼다

수세미로 쓱쓱 문질러 책장 한 귀퉁이에 놓아

누구누구 시집 곁에 두었다

앙증스럽게 눌러앉아

지어준 이름으로

저도 감자 꽃 한 송이 피워볼 요량인지

불땀 나게 끙끙거린다

모주(母酒)

어머니께서 술을 담갔다

쌀을 물에 불리고 체에 걸러두었다가 큰 찜통에 찐 고두
밥에

누룩을 섞어 독아지에 안치고

생수를 넣어두고 닫은 사나흘

그릇에 한 잔 담아 오신 것을 마신다

아버지 젊은 시절 시골에서 사업하던 때

동네 친구란 친구를 다 긁어모아

연거푸 마셨다는 독한 술내가

모락모락 피어올라 화끈거린다

팔순을 바라보는 어머니 연륜이 밴 한 잔

그 시절 아버지를 훌쩍 넘어선 아들이

감사하다는 말 차마 못 하고

넙죽넙죽 마신다

고추 줄 치기

몸을 훌쩍 넘어버릴 듯 커버린 고추나무에 줄을 친다
가지가 헝클어져 갸우뚱거리는 나무 하나하나
얼레를 풀듯 조심히 갈라놓은 줄에 묶음 끈으로
단단히 고정시킨다
화들짝 피는 꽃들
줄에 갈려 고랑같이 깊어진 골로
넉넉하게 스며드는 아침 햇살이
노래진 고추 하나하나를 들여다본다
햇볕에 드러낸 고추들
그간의 무관심에 단단해진 껍질이
탱탱하게 붉다
잘 다니지 않은 하우스 창 쪽으로
거미들이 사방팔방 그물을 쳐두어
안경알에 칭칭 붙었다
바람 한줄기 아쉬운 하우스 안에
끈적끈적한 하루하루를 짓는다
냅둬라, 지 살려고 저리 버둥대는 거지
고추 따 먹을라고 그러것냐

봄을 붙이다

창문에 붙인 방한지를 뜯는다

북풍을 막은 창가에

지난겨울 머무른 엄동의 흔적

새카맣게 먼지로 내려앉아 창문 틈에 눌어붙었다

봄비에 축축 젖은 눅눅한 눌린 먼지를

물티슈로 꼼꼼하게 닦아내는 동안

겨울의 냉랭한 시간과 다시 마주한다

눈을 뜨면 서둘러 일어나 가곤 하던 하우스

찬바람에 얼지 않았을까

수막이 멎지 않았는지

타이머 콘센트를 들여다보고 돌아서던 날

어느 사이 앙상한 나무들 꽃으로 물드나 싶더니

화무십일홍인 듯 뒤란 바닥은

매화가 분분히 날리는데

나뭇가지에 직박구리 날개를 푸드덕이며

조잘조잘 들려주다 간 소리를

가지가 되받아 적는 동안

몇 점 매화 다시 흩날리는데

겨울은 어디를 향해 사라져가는 것일까

동네 한 바퀴 돌며

자전거로 동네 한 바퀴를 돌았다

동구 밖 가파른 언덕길 신나게 내려가면

드들강에 닿은 대촌천 다리 건너

방죽길 가로질러 하우스에 이른다

풀은 노랗게 시들어 말라버리고

구절초 뭉텅뭉텅 꽃 치레를 한다

달맞이꽃은 다 지고

맺은 씨앗을 달아 매더니

약재로 쓰여 지나가는 사람들이 다 끊어 가고

그루터기만 남았다

금계국은 다 졌는데 끈질기게 버티는 몇몇

메꽃도 아직 몇몇

억새꽃 흐드러진 길을 지나 산 밑 텃밭

승강장 지나 고갯길 넘어 동네 뒤로 돌아올라치면

그루터기로 훤한 논들

짚이 햇빛에 노릇노릇 마른다

콤바인이 지나가며 흘리고 갔을 볍씨 찾으러

종종거리는 새들 푸드득거리는 논배미를 지나

마을로 들어서면

빨간 꼬마차를 타고 들어오는 동사무소 복지 아줌마

몸이 불편한 동네 아주머니 돌보러 들어가는 소리

하루가 하루에게 조용하기만 하고

내일을 적적하게 맞는

이 하루도 한 바퀴 돌아간다

양상추

봄볕이 유난히 따가운 아침, 하우스에서
작업하는 것을 보기만 하다가 직접 양상추를
베어 들어보는데
폭이 딴딴한 것이 실하게 보인다
한번 벗겨보라는 말에
겉껍질을 한 까풀 까보았다
이 정도면 괜찮을 것 같은데
그래도 다시 한 번 더 까보란다
두 번째 까보아도 깨끗하게 보여
조심히 바구니에 담으려는데
들여다보니 얼비치는 속이 거뭇하다
한 잎 뜯고 보니
고온다습을 싫어하는 채소가 연일 뜨거운 봄 날씨에
속이 썩었다
겉은 멀쩡하드만
낯짝이 좋아도 뜯고 보면 속이 딴판이라
늘 속 모르는 것에
양상추 같은 놈이라고 헐헐 웃는다

다친 발에게

이른 아침부터 해가 내뱉어놓은 뜨거운 살
장화 신은 발이 뜨거워 양말만 신은 채
달아오르는 흙을 밟으며 묵묵히 가다가
손에 쥔 가래에 긁혀
몸을 주저앉게 한 멍든 발
몸을 지탱하고 이동시키는
가장 많은 일을 하면서도
대충 비누칠로 씻고 마는 천덕꾸러기
몸의 가장 아래에 있는 그가
아프다고 한다
햇살은 살갑게 만지는 게 아니라 벌침,
따가움으로 부은 발이 달아오른다
통통 부은 발을 쓰다듬는 손은
하염없이 미안타미안타
서로 살 부비는 몸이 있다

늦깎이 장마

몇 번의 태풍이 지나가고 난 후
바싹 말라 윤기 잃은 콩 이파리들
촐랑촐랑 비 맞으며 숨통을 트고
물관은 이파리로 뿌리의 다디단 수액을 보낸다
줄기를 뻗어내지 못한 고구마, 호박 넝쿨이
씩씩하게 전진하는 곳곳마다
찰방거리는 빗방울 소리 요란하다
가슴엔 얹힌 체중이
물줄기 소리로 내려앉아
촐랑촐랑 흘러간다
멎어버린 기억이 서늘히 밝아오는 새벽
가뭄으로 역력한 이파리가 쓰는 일기
여름은 늦깎이 빗줄기로
일필휘지의 소나기를 낳는다

뒤란 풍경 1

이른 아침 뒤란이 소란하다

참새, 박새, 멧새, 직박구리

조그만 생명이 악에 받치듯

매화나무 가지에서 시끄럽게 떠든다

먹을 것이 시원찮은 겨울

나무를 칭칭 감고 올라간 박주가리가 내놓은

비쩍 마른 씨앗을 톡톡 쪼아 먹는 한때의 요기

나무 밑 호시탐탐 바라보는

고양이 서너 마리 눈빛도 깜냥 무시하는데

사람의 발걸음은 귀신같이 알아서

푸드덕푸드덕 줄행랑을 친다

짧은 군무를 멀뚱멀뚱 바라보다가

흰 고양이 두 마리

깔깔한 혀로 앞발을 핥으며

다 늦어서야 아침밥을 들고 선 나를

뽈나게 바라본다

뒤란 풍경 2

떨어진 감잎과 땡감들로 뒤덮인 뒤란

잠자리, 나비, 모기 몇 마리

풀벌레 껍질만 걸려 있는

헐거운 거미줄이 바람에 펄럭인다

작대기로 걷자 거미줄에 대롱거리는 거미

쌓인 이파리를 뒤적여보면 지렁이, 풀무치, 쓰르라미

움찔거린다

숨어서 보는 고양이

눈빛이 날카롭다

뒤란 풍경 3

바람에 비가 투덜거리며

지붕을 바쁘게 뛰어다닌다

볼일도 없이 머문 방

열린 창밖으로 축축하게 젖은 뒤란을 본다

정적이 오래오래 머무는 한낮

이 집에서 십수 년을 살아온

늙은 고양이만

창고 하우스 문간에 옹송그리고 앉아

정신없이 걸어가는 비를 멀뚱멀뚱 바라본다

잦은 발소리에 놀라

어느 사이 기어 나온

어린것들에게 젖을 먹인다

오랜 풍경 한 폭이 살고 있다

검은등뻐꾸기

봄고추 심은 비닐하우스 안에 앉아 풋고추를 딴다
하우스 밖 무논
가득 찬 물은 바람에 살살 물살을 짓는
서늘한 이슬 가시지 않은 이른 아침부터
자주 찾아와 줄기차게 묻는다

뭐하는교?
고추따지
뭐할라꼬?
돈만들지
뭐에쓰게?
먹고살지
홀딱벗어!

종일 쏟아내는 소리
어둠이 깊어가는 저녁에도 멈추질 않고
대신 개가 나서서 짖는
휘영청 달 뜬 밤
홀딱 벗고 잔다

두물머리에서

드들강이 영산강과 합류하는 승촌만

억새꽃이 하얗게 빛난다

햇살과 마주하고서

작은 강과 큰 강은

두런두런 무슨 말을 주고받을까

남평 평산리를 지나 산포를 지나

얼마나 많은 인연을 그리워하며

여기에 이르렀나

살아오는 동안 마주하며 나누었을 따스운 눈인사

첩첩들이 엉겨 오는 빛 고운 강 물살

고만고만한 잉여의 말들이 조잘거리며

도량쯤 곁가지로 맞이하던 통 큰 세월을 지나

지문처럼 강물에 쓴 문장을 읽는데

작은 강 하나하나가 모여

바다로 흘러가며 건네는 한마디 한마디

마른 억새 군락 속에서 줄창 한 가락 뽑는다

녹을 풀다

현관문 열쇠 구멍이 뻑뻑하기에

녹슴 방지 윤활제를 칙칙 뿌렸다

언제부턴가 열쇠가 제 구멍을

찾아 들어가기 힘들다는 것을 알았을 무렵

내가 깃들여 있는 곳이 불편해지는 건 아닌가

무심히 지나치는 동안 조금씩

나와 낯설어지는 것들

아무렇지 않은 눈빛도

겉과 다르게 사뭇 다르다는 것을 느낄 즈음

몸이 너무 멀리 있어서 그런 거야

한번 보기도 힘든 거리만큼

녹을 키운다

습기에 조금씩 녹이 슨 구멍

집과 나 사이, 그대와 나 사이에 끼인

낯섦을 소리 내어 읽는다

제4부

풍경

시장 바닥은 으레 말이 길길 날뛴다

질펀하게 놓치는 사람들

가벼운 호주머니에 손을 푹 지르고

둘레둘레 보다가 아는 사람이라도 만나면

어이구, 이게 누구여?

손을 끌다시피 하여 따라 들어간 시장통 장터국밥집

국밥보단 먼저 막걸리부터 부르고 지켜보는

가게 밖은 눈이 푹푹 쌓인다, 저 눈

추억을 끄집어내는 말이

까마득한 옛적을 쌓아두고

하루 종일 썰매를 쳐도 지치지 않던 새파란 얼굴은 주름
이 깊다

드문드문 제쳐 들어오는 술기운에 번들거리는 눈으로 가
게 밖을 본다

아따, 참말로 눈이 징허게 오요, 인자 가봐야 쓰것네

맞장구치는 장터를 나와 방죽으로 걸으며 보는 눈은

강변을 한 보태기 한 보태기 덮는다

고요가 사는 동네

구름이 잔뜩 찌푸리며 흐리더니 빗방울을 떨군다

그 속에서 한 줄금 눈물을 흘린다

사연은 벌써 시작된 듯

어느새 마음 깊숙한 곳에서 우렁우렁 넘치곤 하던

격랑의 파고

뒤란에 뻐꾸기 울음 잦아든다

누군가 찾아오는 일이 여기서는 흔치 않는 일

고요만이 이 동네의 일상인 것을

떠나간 사람들은 다시 돌아오지 않고

남아 있는 사람만이 홀로 집을 지키다가 늙어가는 일에
익숙해진다

나이 든 사람은 하나둘 보이지 않고

어느 사이 빈집이 된 누구네 집 담장에는 해마다

넝쿨장미꽃이 흐드러졌다

한 걸음 한 걸음 막다른 길목에서 마주치는

더 감출 수 없는 빈집

텅 빈 시간을 견뎌오던 벽은

어둠 속으로 저벅저벅 찾아오는 빗물에 젖는다

메밀국수

한낮 온도가 삼십 도를 넘나드는 유월

장마는 오리무중이고

하지모를 심기 위해 받은 물이

논바닥에서 간신히 꼬르륵꼬르륵 소리 내며 흙으로 스며

든다

물은 질펀하여도 가문 날이라 차오르지 못하고

모터 소리만 부글부글 끓어오르며

귀청에 와닿아 화끈거린다

하루 종일 물 받아도 마음 내킬 만큼 아니어서

눈은 절인 땀으로 쓰라리다

바랜 배 호스

분출하는 물줄기는 논을 향해

가닥가닥 국수발로 내리고

무논은 얼큰한 국수를 말았다

목이 터지게 말아먹다가

탁배기 한 잔 마시고는 체증을 쓸어내리고 싶은 날

덫 줄

어둠이 노닥거릴 무렵 드들강 방죽으로

반려견을 데리고 산책하러 간다

줄을 바짝 옆으로 당기며

한 발자국 한 발자국 내 발소리를 익히게 한다

조금 느슨하게 풀어주면 기를 쓰고 나서려 하는 야성을

다시 끌어당겨 발소리에 구겨 넣는다

애면글면 바라보는 애처로운 눈빛도

매정하게 무시해버리고

목을 끌어 당겨온 것인데

이러다가 너와 나 사이 다리 하나를 없애버린 건 아닌가

잠시 쓰다듬어주다가

강변 벤치에 앉아 쏘다니다 오라고 풀어놓는다

촐랑촐랑 따라가는

덫 줄이

잠시 어디까지 가는지 나를 풀어놓는다

돌아오는 길

논배미에 앉아 듣는
촐랑대며 들어가는 물소리
무논으로 물보라가
차오르는 소리
땀 젖은 등이
서늘하다

물방개, 소금쟁이
건너뛰는 벼 포기 사이
개구리 울음도 덩달아
출렁거린다

물이 찬 논 물꼬를 다시 막고 돌아오는
장화 속엔
억만 개구리 떼 울음보
주옥같은 말들
땀이 빚은 이야기로 가득 찬다

아침에

그를 떠나보내고 난 날

아침은 왜 그리 조용할까

엎치락뒤치락 부스럭거리는 소리가 들려올 것 같고

화장실 문 삐걱 열고 나올 것 같은 사람

야참 없냐며 냉장고를 부지런히 열고 닫던

그를 보내고 청명을 지나 망종에 이른

아침은 여전히 바쁘다

맑은 이슬을 매단 호박잎은

땡볕 한 아름 모아

노란 꽃으로 피워내고

세상의 아침

그가 메운 자리는

여전히 바쁜 발걸음이

찰랑거리는 물살로 새살거린다

봄에 깃들다

꽁꽁 얼어붙었던 얼음장도

닫은 문을 푼다는 우수에

하우스에서 리어카로

고추를 다 딴 고추나무를 실어 낸다

질퍽거리는 흙물에 미끄러질 듯 위태한 걸음

마음을 바투 끌어내는 고추나무가

산 하나를 만든다

다 들어내고 손을 탁탁 털고 나자

전봇대 전깃줄에서 숨죽이며 지켜보던 참새 떼

일제히 우르르 내려와 앉는다

한 무리가 하늘에 그려놓은 몸짓이

다 같이 먹고 살자고 오손도손 정답게 모인다

범람

갑자기 쏟아지는 비에 강물이 불어난다

강가 구석구석에 숨었던 온갖 쓰레기가

격랑의 물길을 타고 흘러간다

어디서부터 흘러 들어온

버려진 양심들이 넘쳐나는 물길

강변엔 푹 쪼그라진 억새풀이

부들거리는 망초들이

어쩔 줄 모른다, 그 틈에도

방죽 수문 난간엔 투망질하는 몇몇 사람들

앞길을 모르고 흘러가는 소리

덩달아 가는 뒤엉킨 쓰레기

오월

은빛 물결 굽이굽이 흐르는 동안

둥둥거리는 조바심도

낭창낭창 흘려보내는 강

맨날 들여다봐도

수심을 알 수 없는 그렁그렁한 물살을

물고 나르다

꽤액! 천지간을 놀라게 하는 왜가리 한 마리

고요가 수상스럽다

철벅거리는 물살 소리로

주구장창 쇠뜨기 풀 뜯는

그 소 울음을 다시 들을 수 있을까

아카시아 꽃향기 진동하고

찔레꽃도 피는

오월

휘파람새

후! 후! 아침 일찍부터 창을 넘어오는 소리로
잠을 깨고 만다

한바탕 휘젓고 가는
봄 끝에서 여름으로 향하는 아침

나뭇가지에 앉아 목청을 막힘없이 재껴
제 짝을 유혹하는 소리
밤새 다녀간 빗물로 젖은 나뭇가지에
걸쳐놓은 연애사

왜가리 식구

중복 지난 무렵, 늦모가 치렁치렁 짙어가는 모 포기 사이로
아작아작 걸어가는 왜가리 식구
아빠 엄마 따라가는 조그만 것이
풀뿌리에 걸렸는지
그만 철퍼덕, 넘어진다
헛디딘 게야?

엄마, 핵 돌아보는데
아직 어려, 어려서 그런가 벼
아빠가 지그시 목을 빼고 머리를 흔든다
긍께, 살살 걸으랑게 그러냐
엄마 말이 질펀하게 새끼 목 등을 적신다

메꽃

밭 턱에 심어둔 어린 자두나무 몇 그루
메꽃이 칭칭 감고
보랏빛 꽃 피우고는 바람에 호호 웃는다
대롱대롱 엮은 넝쿨
열 사람 합친 힘보다 세서
나무는 꼼짝도 못 하고 당한다
한시도 쉴 생각 없이 이어낸
모지락스러움을 자랑하는 품을
낫으로 일획을 그어 끊어놓자
매초롬하게 웃던 꽃이
내리쬐는 볕에 절명한다

꽃샘추위

눈발이 휘날린다
참나무 가지가 부대끼다 툭 툭 분질러진다
대나무 허리가 휘어진다

월동 봄 무 터널 비닐이 벗겨져
바쁘게 뛰어가다
왜 사나 싶어 울컥해지는데
바람소리만 들린다
물살 소리며
새소리도 사라진 들
삽질에 부대끼는 꽁꽁 언 몸짓만 애달프다

저녁이 되어서야 잠잠해진 들
달빛 아래 비닐 자락을 다 붙들어 묻고 난
울다 잠든 아이 같은 터널 비닐을
바람은 매섭던 손길을 풀어
토닥토닥 어루만지고

흙먼지로 얼룩진 까매진 얼굴

먹먹하게 어둠 속을 걸어가는 동안

달빛에 물든 터널 비닐이

하얀 메밀꽃으로 웃는다

개구리

앞이 보이지 않을 만큼 쏟아지는 작달비,
벌건 흙물에 제 집을 잃고
성한 목숨 격랑의 물에 놓아버린
저 개구리 떼
물속에 가라앉아 구(舊)대륙이 된 만 평의 논,
대신 울어주지도 못하고
너희들이 대신 우는구나
개굴, 개굴, 개굴
별자리마다 고인다
카시오페이아성, 북두칠성,
견우와 직녀가 만난다는 은하수는
밤 깊어가도
대신 울어주는
그 울음만 이슥토록 흐른다

밤, 남평대교를 바라보며

흐느적이는 마른 억새 소리

바람 따라 부르고 부르다가

하루에도 몇 번 몸을 바꾼다

어둠이 서슬서슬 내린 둔치에서 들리는

논병아리 떼 부스럭이는 소리

물 위로 어룽대는 남평 다리 외등 불빛 위로 오고 가는

차 소리

어둠이 강을 가려도 흐르는 소리는 역력해

낮에는 듣지 못한 속말도 이때쯤이면

나지막하게 들리는 잠을 잊은 밤

외등 성큼성큼 불빛을 들고

함께 곁고 흘러가는 물결이 있네

시간과 공간의 합주, 그리고 그 육화된 질감

김규성

1.

창작도 단순히 생계 유지만을 위한 작업의 일환이라면 노동에 속한다. 그러나 발자크나 도스토옙스키처럼 빚과 궁핍에 쫓기는 절박한 환경 속에서도 불후의 세계 명작을 낳은 이들을 보면 새삼 예술의 진가를 실감하게 된다. 고통과 피로, 번뇌, 극도의 긴장 속에서도 보람과 희열을 음미할 수 있다는 데서 예술은 일반 노동과는 그 성격을 달리한다.

예술은 시간의 여유를 담보로 한 유희성에 배경을 둔다. 그러나 단순히 놀고 즐기는 데 그치지 않고 일련의 가치를 추구한다는 점에서 예술의 진정한 의미망이 형성된다. 유희는 같은 형식과 내용이 반복되면 지루하고 답답해서 쉽사리 멀미를 한다. 이 도식적 권태의 늪에서 벗어나기 위해 예술은 끊임없이 변화를 시도한다. 시 역시 끼리끼리 상호 복제의 상투성이 똬리를 틀기 전에 독자성을 겨냥한 새로운 출구를 모색한다. 형식과 내용,

안팎의 밀폐된 창문을 열어젖히고 신선한 공기를 흡입하는 것이다. 이때 형식의 변화는 다양성을 추구하고 내용의 변화는 깊이를 추구한다. 그러나 변화와 변덕은 구분되어야 한다. 일시적이고 즉흥적인 충동에 사로잡혀 변화의 포즈를 취할 뿐 변화의 진정성을 훼손하는 경우는 오히려 시의 퇴화를 조장한다. 변덕은 내용의 깊이를 방해하고 형식의 조율을 흩트리기 때문이다. 시세계에서 허용/추구되는 변화는 변덕의 산물이 아니라 치열과 창의의 분출이라는 사실을 기억해야 한다.

> 강 언덕배기에 사기 접시 몇 개
> 첩첩 포개어져 뒹군다
> 민들레 환한 꽃밭에 누가
> 연분홍 테두리 선명한 여백을 버린 것일까
> 그 아래 드들강은
> 조잘거리는 물살을 배경으로
> 뱁새, 논병아리, 청둥오리, 기러기
> 소리란 소리 한데 모아 담았다 덜어내기 바쁘다
> 이제 꽃이란 꽃은
> 잠시면 무너질 꽃 사태를 이루며
> 지나가는 벌 나비 호객하는 중인데
> 꽃밭에 누워
> 텅 빈 하늘을 떠받치고 있는 봄볕은
> 날 선 시간을 다독이고 있다
>
> ─「사기 접시」 전문

김황흠의 시 형식은 기존의 울타리에서 크게 벗어나지 않는다. 그러나 그 내용은 수시로 변화를 추구한다. 자연스럽게 시의 사유가 깊어지고, 시를 언어로 빌린 사물의 운신이 여유로워지고 있다. 여기에 첫 시집과 제2시집의 변별성이 기지개를 켠다.

이 시의 배경은 강 언덕이다. 그는 강 언덕에 지천으로 핀 꽃과 놀면서도 언덕 아래를 흐르는 드들강의 '뱁새, 논병아리, 청둥오리, 기러기' 소리에 귀 기울인다. 시간이 연출하는 '정지'와 '흐름'의 이원일차방정식을 동시에 음미하는 것이다. 그리고 "꽃밭에 누워/텅 빈 하늘을 떠받치고 있는 봄볕"이 "날 선 시간을 다독이고 있"는 본원적 탈일상의 경지에 이른다. 시 형식의 단조로움을 그는 사물과의 교신에 따른 사유의 깊이와 확장을 통해 극복하고 있는 것이다. 이 부분은 그의 시세계를 엿보는 가늠자이기도 하다.

2.

상상력의 고갈과 언어의 화석화로 인한 새로움에 대한 갈증, 그리고 그 대척점을 이루는 의식 혹은 무의식적 표절/대량 복제는 현대예술의 만성피로증후군을 부추긴다. 시단에도 표절 시비가 그치지 않는다. 그뿐 아니라 직간접적 유사성에서 결코 자유로울 수 없는, 대량 복제에 가까운 시들로 넘치고 있다. 식물성 감성만으로 무임승차해 100년 가까이 군림해온 한국 전통 서정시의 수명에 경종을 울린 바로 그 요인 중 하나이다. 새로운 조류를 기치로 내건 미래파 혹은 그 아류의 시에도 이런 경향은

두드러진다. 더욱이 이의 문제점과 개선책에 대해 촉각을 세워야 할 평단의 시선 또한 별반 새롭지 않다.

발터 벤야민은 대량화된 기술 복제가 예술세계에 미치는 영향에 대해 특유의 아우라 이론을 제기하며 심각성을 일깨운다. 그리고 '지금, 여기에 존재'한다는 사실이 원작의 진가를 보장하는데, 그 사실이 기술적 복제의 가능성에서 탈피할 수 있는 활로라고 이른다.

김황흠의 시는 늘 현재를 배경으로 한다. 시제상으로 과거가 끼어들어도 그것은 현재를 돋보이기 위해 잠시 동원된 들러리일 뿐 언제나 그는 '날 선 시간'의 목덜미를 움켜쥐고 스스럼없이 함께 논다. 이때 공간은 그의 순진무구한 영혼의 숨결이 머무는 자리이다. 다시 말해 그가 사물과 긴밀하게 조우하는 현장이다. 그렇게 그는 미지의, 때로는 익숙한 공간과 더불어 하나의 세계를 이룬다. 이는 그가 대량 복제 시대에 의식/혹은 무의시적 표절의 혐의로부터 자유로운 비결이다.

> 잠시 비닐하우스 문 그늘에 앉아
> 뜨거운 햇살도 아랑곳 않고 너풀거리는 푸른 모를 바라본다
> 바람은 서늘한 기운을 드리우고
> 소금쟁이 사뿐히 밟고 간 조용한 파문
> 왜가리 한 마리 모르쇠 내려앉는 서슬에
> 뒤스럭거리는 물살 소리를 읽는
> 시간이 노랗게 익어가는 그 자리
> 네 옆에 다른 내가 앉아 벙긋 웃는 너를 보네
> ──「건너가는 시간」 전문

그가 부리는 시간은 늘 '건너가는 시간'으로 현재형이다. 화두를 바짝 추켜든 선승은 현재에 그 치열의 방점을 찍는 것처럼 그는 자신만의 시간에 주체적으로 참여해 사물과 함께 몰아의 경지에서 노닌다.

"소금쟁이 사뿐히 밟고 간 조용한 파문/왜가리 한 마리 모르쇠 내려앉는 서슬에/뒤스럭거리는 물살 소리를 읽는/시간이 노랗게 익어가는 그 자리"는 다른 방해물이 끼어들 틈이 없는 온전한 그와 사물의 현재적 공간이다. 거기에서 그는 "네 옆에 다른 내가 앉아 벙긋 웃는 너를 보"는 것처럼 은연중에 지난한 속세를 떨치고 탈속의 피안으로 건너간다.

3.

김황흠의 첫 시집 『숫눈』을 읽고 그를 온몸으로 시를 쓰는 시인이라고 했던 기억이 새롭다. 그 시각은 여전히 유효하다. 그것은 기억이라기보다 현재진행형이라고 해야 더 구체성을 담보한다. 그는 오늘도 시를 쓰기 위해 온몸을 곧추세우기 때문이다. 다만 시집 제목처럼 그의 온몸이 '숫눈'인 것이 색다를 따름이다. 다시 말해 그는 온몸이 숫눈처럼 초기화되어 사물/우주와의 밀회를 한다. '제제'인 그에게 새, 꽃, 풀, 강물 은 '나의 라임 오렌지나무'가 된다. 그는 그들과 미처 세상에 못한 이야기를 스스럼없이 나눈다. 그 비망록이 곧 그의 시이다

일 끝나고 하우스 밖으로 나오면 탁 트인 하늘
어떤 물감으로도 흉내 낼 수 없는
한 해를 달려온 깊은 속내
노랗게 영그는 나락 이삭도 그렇고
모가지를 곧추 치렁치렁 매단 피들도 그렇다
반듯하게 놓인 노란 맷돌 호박이 그렇고
빨갛게 농염을 불태우는 고추가 그렇듯
등 굽은 동네 할머니가 그렇다
백일홍 붉은 꽃들의 분분한 낙화
먼저 갈 길 가듯 낙엽 져 떨어지는 벚나무
통통 불은 몸통을 꽃으로 피워 내는 억새
철 따라 왔다가 가는 새 떼가 있는가 하면
떠나간 그 자리를 찾는 새 떼가 있다
적적함이 물들기 시작할 무렵
떠도는 바람이 제자리를 향해 눕는 산그늘에서
멀리서 찾아온 벗의 소식을 듣는다

— 「가을 단장」 전문

　이 시에서처럼 "노랗게 영그는 나락 이삭", "모가지를 곧추 치렁치렁 매단 피들", "반듯하게 놓인 노란 맷돌 호박", "빨갛게 농염을 불태우는 고추", "백일홍 붉은 꽃들의 분분한 낙화", "먼저 갈 길 가듯 낙엽 져 떨어지는 벚나무", "철 따라 왔다가 가는 새 떼" 그리고 "등 굽은 동네 할머니"들이 그의'나의 라임오렌지나무'다. 그는 그들과 한통속이 되어 밀린 이야기를 나누다가 "적적함이 물들기 시작할 무렵"이면 "떠도는 바람이 제자리를 향해 눕는 산그늘"을 바라보며 "멀리서 찾아온 벗의 소식을" 듣기도

한다. 여기에서 '벗'은 사실적 존재일 수도 있지만, 생사의 기로에서 본질을 추구하는 자신이라야 그의 현재성이 보편적 가치를 부여받게 된다.

4.

가만 보면 주로 머리로 시를 쓰는 시인들이 있다. 시의 결마다 상상력의 확장, 구조적 직조, 정신주의의 고양 등이 도드라진다. 혀로 시를 쓰는 시인들도 있다. 타고난 언어 능력이나 혀끝을 맴도는 가락을 구사해 시의 미각을 감칠맛 나게 살린다. 주술이나 방언, 방백처럼 쏟아져 나오는 초현실주의 시도 이에 낄 수 있다. 가슴으로 시를 쓰는 시인들은 열정과 감성, 희로애락의 우여곡절을 자연스럽게 표출해낼 수 있는 점에서 다수의 공감대를 넓힐 수 있다. 발로 시를 쓰는 시인들은 시를 찾아 시간과 공간을 극대화한다. 원심력과 구심력의 숨 가쁜 샅바싸움 속에서 부단한 영토 확장이 이루어진다. 경험을 내면화한 시, 여행시, 사회 정치적 참여시 등을 꼽을 수 있다.

김황흠은 복잡하고 치밀하게 머리를 쓸 줄 모른다. 정확히 말해 요모조모 머리를 굴리는 것 자체를 선천적으로 싫어한다. 그러니 그의 시에서 발칙한 상상력이나 낯선 창의성을 찾으러 애써 두리번거릴 필요는 없다. 그는 직관을 통해 자연스럽게 본질에 이르는 길을 몸으로 터득하고 있기 때문이다.

비 짝짝 퍼붓는 하루, 밀쳐둔 책 읽는데

—아야, 어디서 타는 냄새 난다

읽던 책 접어놓고 부엌을 이리저리 둘러보지만

눅눅한 습기 밴 어둠만 물컹물컹하다

—에이, 어머니 속에서 타는 것 같은디?

썩을 놈, 어머니 얼굴에 웃음이 돈다

— 「어느 하루」 전문

그의 혀는 어눌하고 굼뜨다. 그러나 달변과는 거리가 멀어도, 닳고 빛바랜 달변이 놓치고 간 시공의 행간과 호흡은 그의 촉촉한 혀에서 그 본색을 드러낸다. 이를테면 세간의 상투적 발자국에 밟혀 이지러진 착시 현상이 아니라 사물 본연의 모습, 즉 '물 자체'다.

하우스에 와 어린 고추나무 아래를 다듬는다
모종판에서 옮겨져 흙에 적응하느라
기운을 다 써버린
노르스름한 이파리
질기게 뻗쳐가는 민들레와 한통속인 풀 뽑고
어린 고추나무를 줄에 묶는 동안
손가락 풀물 흥건하다
봄날의 화인을 낀 골무 몇 공짜다

— 「반짇고리」 전문

언어는 침묵에 못 당한다. 언어 이전도 침묵이고 언어 이후도 침묵이기 때문이다. 침묵은 언어가 돌아가야 할 보금자리다. 언어는 기껏 거대한 침묵의 영토에 갇힌 극히 하찮은 일부분에 불과하다. 논리가 직관에 미치지 못하는 이유도 거기에 있다. 논리는 언어의 산물이지만 직관은 침묵의 선물이다. 그리고 언어는 걸핏하면 침묵의 의자에 앉아 쉬기 마련이다. 그 대가로 언어는 침묵의 일단을 번역하려 들지만, 언어가 다루는 침묵은 표면에 그치고 그조차도 대부분 오역이기 일쑤다.

김황흠의 언어에는 그 침묵이 바탕을 이루고 있다. 침묵으로 연마된 함의(含意)가 그의 시의 정체다. 그러기에 그의 시에서 침묵의 정서와 운율을 이해하지 못한다면 그의 시는 절반의 독해에 그치게 된다. 침묵으로 다 말할 수 없어서 할 수 없이 사물에 결탁하여 발화한 눌변이 그의 시의 현주소이기 때문이다. "손가락에 풀물"이 든 것을 "봄날의 화인을 낀 골무"로 보고 그것을 "공짜"라고 즐거워하는 순수성은 자신만의 언어를 침묵 속에서 흥건히 적시고 난 내공의 파문이다.

그는 가슴이 뜨겁다기보다 따뜻하다. 가까이 갈수록 따뜻하다. 그리고 늘 촉촉이 젖어 있다. 사물도 그의 가슴에 이른 봄 함박눈처럼 안긴다. 그러나 그의 따뜻한 가슴은 '삭막한 세상의 언어'와 어울리지 못하는 외로움에 둥지를 틀고 있다.

> 흐린 하늘 아래 마당을 쓰다듬다가
> 한 바퀴 휘젓고 가는 한줄기 살바람
> 오는 곳을 모르고 가는 곳을 모른다

소식은 늘 먼 데 있고
이젠 목울대가 컬컬해지는
앙상한 나뭇가지는 예전의 우람한 시절을 내려놓고
땅속 세상을 수소문한다
한 나무에서 곁가지로 뻗어가더니
삭정이로 떨어져 나가고
너와 나는 하나 둘, 몸 아닌 곳을 향해 떨어져 나간다
우중충한 하루 내내 찾아오는 사람 없고
건넛집 허름한 대문 기둥에 달린 벌겋게 녹슨 편지함
한 번도 들춰본 적 없이 바래지며 쌓여가는 편지 뭉치를
비가 와서 울먹이고
바람이 붉은 눈시울로 소리 내어 읽는다

— 「편지함」 전문

　순진함과 순수는 다르다. 반면 순수는 거짓 없는 자신을 지키려는 의지가 깃들어 있다. 그러기에 순진한 경우에 비해서는 호락호락하지 않다. 그러나 약삭빠르지 못함에 있어서는 순진함과 크게 다르지 않다. 그러니 세상을 자신의 잣대로 재단하는 자들의 눈에는 심심찮게 거슬리곤 한다. 그런데도 시인은 적극적으로 자신의 입장을 밝히려 들지도 않는다. 자신만 떳떳하면 된다는 자연스러운 자존감이 그의 원군일 뿐이다. 무엇보다도 말 많은 세상과 침 튀기는 말을 섞으며 자신을 위해 왈가왈부하는 게 지겨운 것이다. 그것이 제삼의 가볍고 단순한 이웃들에게는 쉽사리 '대책 없는 천진난만'으로 오해당하는 빌미가 된다.
　문제는 세상의 일반적인 시선이 그렇게 깨끗하지도 자상하

지도 못하다는 데 있다. 그들은 자신들의 수준에 합당하지 않은 순수는 대뜸 매도하거나 폄하해버린다. 그리고는 한사코 자신들의 수준으로 저 고결한 경지를 끌어내리지 못해 안달한다. 그러기에 갈수록 순수가 설 곳이 마땅치 않다. 그렇다고 불순이나 거짓의 진창에서 함께 나뒹굴 순 없다. 그럴수록 순수의 가치는 귀한 만큼이나 높아지게 되어 있다. 거짓이 판을 치는 세파 속에서 순수를 지켜가는 맛 자체만으로도 그 보상은 충분하다. 물론 시인만의 주체적 판단에서다.

"소식은 늘 먼 데 있"기에 "이젠 목울대가 컬컬해지는/앙상한 나뭇가지"와 "한 번도 들춰본 적 없이 바래지며 쌓여가는 편지 뭉치를/비가 와서 울먹이고/바람이 붉은 눈시울로 소리 내어 읽는" '빈집 편지함'의 외로움은 사물의 이면에 고인 김황흠 시인의 따뜻함을 읽는 원천인 것이다.

그는 틈만 나면 영산강 지류인 드들강으로 달려가 흐르는 물, 철새와 말문을 튼다. 그의 발길이 멈추는 곳은 시가 태어나는 자리다. 그러니까 그의 시는 사물/자연과의 대화록이자 현장답사기이다. 다만 그가 사용하는 언어가 자연의 고유어인 사실이 다를 뿐이다.

> 은빛 물결 굽이굽이 흐르는 동안
> 둥둥거리는 조바심도
> 낭창낭창 흘려보내는 강
> 맨날 들여다봐도
> 수심을 알 수 없는 그렁그렁한 물살을

물고 나르다
꽤액! 천지간을 놀라게 하는 왜가리 한 마리
고요가 수상스럽다
철벅거리는 물살 소리로
주구장창 쇠뜨기 풀 뜯는
그 소 울음을 다시 들을 수 있을까
아카시아 꽃향기 진동하고
찔레꽃도 피는
오월.

— 「오월」 전문

　옥타비오 파스는 '시는 내면적 해방의 방법'이라고 했다. 시가 구원의 역할을 할 수 있다는 이야기다. 그런데 오히려 시가 내면의 분출과 정화를 훼방하는 경우가 있다. 얄팍한 기교와 겉멋, 지나치게 표피적/피상적 언어유희만을 좇다 보면 내면과의 불통과 혼돈을 부추기기 쉽다. 안을 끌어내어 연소시키기 위해선 내면의 언어가 자유롭게 숨 쉴 공간이 열려 있어야 한다. 지나친 외향의 추수, 산만한 감각적 언어의 남발, 언어의 불확실성 조장, '사회적 욕망'과의 밀착, 자기연민이나 자학 등은 내면의 해방을 가로막는 장애다. 구원은 언어에 있지 않고 그 너머에 있으며, 언어는 생리적으로 구속적 속성을 지니기 때문이다.

　김황흠은 이 부분에서 자유롭다. 덩달아 그의 시도 그 자유로움에 의해 독자적 위치를 지켜나간다. 그런데 여기에는 그의 쉼 없는 발이 사물과 시의 오작교 역할을 한다. 왜가리가 우는 소리를 "주구장창 쇠뜨기 풀 뜯는/그 소 울음"소리로 듣는 연상은 발로 뛰지 않고선 결코 맛볼 수 없는 경험의 소산이다. 그러기에 그는 "맨날 들여다봐도/수심을 알 수 없는 그렁그렁한 물살"의 공간에서 "아카시아 꽃향기 진동하고/찔레꽃도 피는" 시간의 추이를 추출해낸다.

5.

아무리 우물이 맑고 시원해도 두레박이 있어야 마실 수 있었다. 우물은 그대로지만 두레박은 수시로 몸을 바꿨다. 가뭄 때면 두레박 끈은 자꾸만 길어졌다. 그런데 그 두레박이 사라지고 말았다. 삽시간이었다. 바가지에서 양철 두레박까지 오는 데는 수천 년이나 걸렸지만 그 종적을 전국적으로 완전무결하게 감추는 데는 채 십 년도 걸리지 않았다. 이제 두레박은 국어사전이나 유물 전시장 한구석에 묻혀 있을 따름이다.

'들어 올리는 바가지' 두레박은 그 쓰임새와 상징적 가치에 있어서 어떤 도구보다도 값지고 요긴한 살림살이였다. 어디를 가야 그 최후의 아날로그 골동품을 친견할 수 있을까. 이제 두레박은 오지와 문명을 가르는 최상의 시금석일 것 같다. 김황흠 시인은 그 두레박이다. 그는 시공을 초월한 전천후 두레박으로 오늘도 문명의 피곤에 찌든 아스팔트 망망대해 무인도의 이방인들에게 청명한 원시의 정화수를 퍼 날라준다.

　창문에 붙인 방한지를 뜯는다
　북풍을 막은 창가에

지난겨울 머무른 엄동의 흔적
새카맣게 먼지로 내려앉아 창문 틈에 눌어붙었다
봄비에 축축 젖은 눅눅한 눌린 먼지를
물티슈로 꼼꼼하게 닦아내는 동안
겨울의 냉랭한 시간과 다시 마주한다
눈을 뜨면 서둘러 일어나 가곤 하던 하우스
찬바람에 얼지 않았을까
수막이 멎지 않았는지
타이머 콘서트를 들여다보고 돌아서던 날
어느 사이 앙상한 나무들 꽃으로 물드나 싶더니
화무십일홍인 듯 뒤란 바닥은
매화가 분분히 날리는데
나뭇가지에 직박구리 날개를 푸드덕이며
조잘조잘 들려주다 간 소리를
가지가 되받아 적는 동안
몇 점 매화 다시 흩날리는데
겨울은 어디를 향해 사라져가는 것일까

— 「봄을 붙이다」 전문

이처럼 김황흠의 시는 농촌과 자연이 그 배경을 이루고 있다. 이는 대부분의 시들이 도시적 감각을 남용하는 데 비해 반시류적 복고에 가깝다. 농촌이 도시의 사각지대로 밀려나면서 농촌시도 운명을 함께했다. 그런데도 김황흠 시인은 농촌에 터 잡고 살며, 농촌의 숨결에 고인 언어를 우직스럽게 노래하는 것이다.

그러나 그는 판에 박은 농민의 애환이나, 생명성의 구호적 반복에 연연하지 않는다. 자연이나 사물과의 순결하고 내밀한 대

화를 통해 직관의 지혜와 때 묻지 않은 언어를 발굴해 닦아놓을
따름이다. 그러기에 기존의 농촌시에 비해 그의 시는 신선한 보
편성을 확보한다. 이는 순수하고 성실한 성찰에서 오는 나름의
예지적 전략일 수 있다. 머지않아 농촌이 제자리를 되찾는 날이
면 그의 시는 오히려 선구적일 수 있기 때문이다. 그가 한결같
이 추구해온 시의 바탕을 이루는 '느림과 한가(閑暇)'는 도시 문
명의 한계를 감지하고 도처에서 탈현대적 삶의 질을 추구하는
'힐링'의 원천인 것이 이를 입증한다.

사물에는 고유의 질감이 있다. 그것을 얼마나 섬세하고 탄력
있게 표출하느냐가 예술의 첩경이다. 시도 마찬가지다. 시의 대
상이며, 소재요, 배경인 사물의 '형상과 질료'가 분출해내는 촉
감을 마치 첫사랑의 입술을 입술로 포개듯 온몸으로 노래하는
것이야말로 시의 일차적 조건이다. 시의 바탕인 서정적 감수성
은 사물과의 끈끈한 육질적 교신을 나눈 언어를 질료로 삼을 때
비로소 그 몸을 얻는다. 몸이 없이/몸을 받지 못하고 제 딴으로
떠도는 박제된 시혼들이 시라는 이름을 도용해 시의 영토를 잠
식하는 불구의 시가 판을 치고 있다. 그 속에서 김황흠 시인은
묵묵히 자신만의 시세계를 탐험하며 지극한 현재를 노래한다.
그리하여 무궁한 미래를 확충한다.

金奎成 | 시인

푸른사상 시선은 계속 발간됩니다.

푸른사상 시선 88

건너가는 시간

김 황 흠 시집